甜祕密

王婷

目次

推薦序
我仍會因為你幸福，而深感幸福——閱讀王婷《甜祕密》詩集／李進文——010
她者之迷／謎——序王婷詩集《甜祕密》／楊小濱——021
集錦王婷／吳鈞堯——026

輯一 **鏡中**
重聽——032
鏡中——034

失眠——038
成長——040
幻——042
風中——044
不老——046
增值——050
貶值——052
喝茶——054
聽！什麼聲音——056
六十年後——058
尾聲——060

輯二 **虛線**

她的冰雪聰明——064
開始與結束——068
微型詩四首——070
都會女子——074
虛線——076
旋轉木馬——078
入境——082
日常之外——084
西藏來石錄——086
等你，在豆梨花開的島上——088

海的聲音——092
墨色——094
自在——096
女神——100
衣櫥裏的心事——102

輯三 **拐一道月光**

穿衣——106
母親——108
母親的麵茶——111
送別母親——113

奔跑的防空洞——台商與他的戰爭島——116
分裂——120
你的藍色——124
拐一道月光——128
凹陷——130
雨，散——132
三月的眼睛——134
兩端——137
矜持——140
遷移啟事——142

輯四　釀更多的蜜

閨密一——善牧者——146
閨密二——甜甜圈——150
閨密三——154
閨密四——156
閨密五——160
閨密六——164
閨密七——166
閨密八——170
閨密九——174
閨密十——178
閨密十一——182

閨密十二——186
閨密十三——190
閨密十四——194
閨密十五——198
閨密十六——202
閨密十七——206
閨密十八——210
閨密十九——214
閨密二十——218

評述

傾聽也是一種觀看的方式——閱讀王婷的《甜祕密》詩畫集／**陶文岳**——222

後記

致謝／**王婷**——227

【序】

我仍會因為你幸福，而深感幸福——閱讀王婷《甜祕密》詩集

李進文／詩人

迷失過後，在細節裡找到彼此

《甜祕密》是王婷的第二本詩集，以她自己的繪畫與詩相互增色、對話，延伸美學的想像、藝術的思索。全書分為四輯：〈輯一　鏡中〉、〈輯二　虛線〉、〈輯三　拐一道月光〉、〈輯四　釀更多的蜜〉。圖文內容的總體意象，真摯樂觀，尤其〈輯四〉聚焦「閨密」主題，繪畫流亮奔放，相當特別，王婷帶有女性（或母性）溫情特質的書寫氛圍瀰漫其間，對生命正向思考，親切且具感染力。

王婷的人生觀頗有正能量，激勵自己、幫助朋友、熱心度人生，凡事盡力做到她能做的，不留遺憾，這是《甜祕密》的基調。

先從主題明確而熱烈的〔輯四 釀更多的蜜〕來談。

〔輯四〕可視為一個系列的組詩，沒有標題只有「閨密」編號，結合她在台師大美術系研究所的畢業展「從有我之鏡到有她之境——王婷〈閨密系列〉」（二〇二三年十二月）繪畫作品，定調在「向上、樂觀」的閨密關係與影響。讀她的詩畫，彷彿凝視著雷諾瓦〈船上的午宴〉所散發的友誼正能量在閨密之間流轉。

閨密碩論中，她說：「閨密，是拉丁語中的『esperanza』，指的是希望，而女性主義則是與平等的希望有關。」

閨密強調對「平等」的期盼，亦隱含一種反叛，去抵抗和顛覆傳統父權體制下的性別規範和歧視。女性間的友誼不比男性低下，甚至更高貴，涵容著積極的人本精神，以及人文的多義性。

我們可以從圖與詩中，讀到閨密的本質，就在於呈現真實、真摯，以及多元化的女性角色；甚至體會到，閨密之間相互促成自我的覺醒，「迷失過後／會在細節裡找到彼此」（〈閨密十四〉），這不僅是女性之間的純淨友誼，彼此更分享著獨特的「女書」密語。

對於閨密，在王婷的詩中衍伸許多思索和探討：愛和關懷、感激與珍惜，也有分享、猜忌、爭執、困頓……但總體而言，灑滿陽光，洋溢著寬容、體諒和理解。整部詩集敘述友情的詩作極多，原本女性的細膩所擅長的「情詩」反而很少。

友誼詩，某部分延續著東西方古典詩中文人交誼的傳統。對於友情，王婷有自己的價值觀，「相聚不需理由／請攜帶一朵百合／我 會在不同的路口等你」（〈閨密三〉），白色百合花是友情的象徵，她也把這符號置入畫中，隱含純潔和真心，更意味著朋友之間的信任與忠誠。

友情對王婷的重要性不亞於愛情，「除了愛情／我們可以擁抱愛……我們沒有界限的存在／純粹如風景中的風」（〈閨密六〉），或許源於人生的波折與閱歷（例如身為單親媽媽、經營企業公司等等），即便她仍渴望愛情，但卻不太相信有永恆的愛情，因為愛情不可測，她曾有一首詩〈關於愛情〉：「是誰把心動投入大海／秋波／成了一則謎語。／連湖心都猜不透／浪花。……」說的是愛情令人又哭又笑或哭笑不得，充滿不確定性，又如〈輯二〉的微型詩〈覺醒〉：「關於愛情的敘述／再往前就缺乏血色了／每個嗓音都成了掉落的雷聲」，她早早對愛情的虛幻有了醒悟。

對她來說，相較於愛情，友情的相遇和相助更值得珍攝，「日子如珠雨／一串串的連結在一起／漸漸我們明白握住傘柄的手／是我／也是你」（〈閨密七〉），朋友之間的理解、信靠和尊重反而比較趨向一種位階高於愛情的「美妙關係」。即便朋友之間「聚聚，散散／

完整和不完整都有美感」（〈閨密五〉）。

答應自己做自己，欣賞別人做別人

王婷的閨密繪畫之所以命名為「從有我之鏡到有她之境」，可以從法國精神分析學大師雅各・拉岡（Lacan, Jacques）的「鏡像理論」來理解。

朋友是「他者」，這個他者對王婷來說是一面鏡子，也是「另一個自己」（亦即個人內在心理世界中的「他者」），她透過閨密系列的詩與畫，記錄閨密間私密的情緒與符號，探索閨密與主體的關係，「當我們開始思索／在心和眼中間架著一面鏡」（〈自在〉），以此認識內在的自我。

「鏡子照射出的我們／左右腳不同／卻有同樣的笑容」（〈閨密十三〉），拉岡的鏡像之說，意即：當主體經由鏡像來認識自己，其實是藉由「他者」認識到主體的存在，透過不斷的人際互動，猶如彼此照鏡子，逐漸形成自我形象。藉由鏡像般的閨密關係，王婷詩中寫道：「我們之間終於有人明白／要有更甜美的果實／在理解情感之前先學會感受」。在現代詩裡，「感受性」往往優先於邏輯思考或知識性。

不僅心理學或繪畫藝術談論「他者」，現代詩美學同樣注重「他者」，因為詩需經由「他者」才能看到真正的自我。

用繪畫術語來比喻，我將王婷對友誼的熱切稱作「後現代的友誼」，「後現代」標誌並行使一種「保持永久的開放性」，不論喜悅或悲傷，真正的朋友之間會把心門打開，「我們訴說自己／不擔心傷痕裂成赤道的長度」；或者她詩裡述說的友誼，也可以說是一種「新表現主義的友誼」，所謂「新表現主義」指的是藝術家呈現其強烈而豐富的「主觀情緒」和「自我感受」，直接反映在畫布上的風格，而反映在詩作上呢？就如王婷這首〈失眠〉：「在這虛弱的夜／我在不同的鏡中不斷老去／眾神無語／我穿牆。赤裸／夢見一個白日……」主觀而破格的想像，解構空間，似乎具象又忽然抽離，直指赤忱的感受。

她對友誼的初心，就是抱持著一種主觀感情和自我感受，流暢、揮灑、自然，充滿情緒能量，讓閨密彼此之間「曬乾忌妒心，以愛成為同類」（〈閨密十三〉）。

從她上一本詩集《帶著線條旅行》以迄這本新作，對於友誼的概念，可謂始終如一，答應自己做自己，欣賞別人做別人，上一本詩集寫著：「你靜默了／整夜靜靜夢著／而我仍會因為你幸福／而深感幸福」，閨密之間，最動人的情意就是支持彼此——成為更好的自己！

忽然，上衣口袋溜出幾句細碎的叮嚀

親情一直是王婷詩作的主旋律之一，延續著她之前的第一本詩集，她寫了許多關於父親和母親的作品。

給父親的詩，她曾寫過〈父親結〉，父親是個讀書人，對王婷日後從事藝術創作有深遠的影響，她想起父親磨著墨汁，「磨著磨著／把雨聲也磨細了」，這意象說的彷彿是思念被磨（或折磨）得更細更尖，刺著心口。

她上一本詩集《帶著線條旅行》就是因為要圓父親的夢而出版，她父親曾經寫過一本詩集《千山疊雪》但沒出版，在他八十歲時告訴王婷，如果詩集還在的話很希望能出版，可惜在國民政府遷台時不知流落何方。

親情對王婷而言，是根深柢固的血脈相連，沒有選擇也不需選擇，這種愛是天然的、牢不可破的。會成為一家人必是上輩子修來的福，她深信這種緣分是人間最濃的情感，她的詩之所以常常寫到父親和母親，因著那是她最不忍割捨的一部分。

王婷寫母親的詩，數量最多，可見母親在她生命中的分量。「當他扣到第三顆釦，／忽然摸到／母親年輕時的手／上衣口袋溜出幾句細碎的叮嚀／花襯衫上還有嘩啦啦的洗衣聲」

（〈穿衣〉），這首詩透過穿衣服的細膩小動作，暗示親子間的慈愛互動，有畫面，也充滿了聲音（心聲）。

身為女兒的憂心，以及疼惜母親，常會伴隨時間消逝而有緊迫感，「有些聲音從角落湧出／每一個句子都像需要／維修的時鐘」（〈母親〉），「我拉回一次次世界但拉不回／母親劃出的護城河」（〈母親的麵茶〉），以及她寫〈送別母親〉，在母親前往淨土時，她呼喚母親不要回頭、不要回眸，「我會試著放下／將遲遲不肯離去的掛念／繫成額上的一朵花」，孺慕之情躍然紙上。

〔輯一〕的〈重聽〉、〈鏡中〉亦是懷念母親之作。〈鏡中〉是一首意象出色的詩，形容孩子都長大離巢後，母親疼痛的關節如樹根盤結，「（她）一雙鷹隼的眼／反射著失誤的白髮／她借一抹光／回想／一切都遙遠了／窩在懷裡的小孩已走遠／就連探望也換成了早安圖」，這不也是現今社會的共相，所以引人心生共感。

關於親情，略予補記。王婷似乎鱉少寫她跟孩子之間的事？用她的話來回答：「因為我自己還保有一顆赤子之心，覺得自己還是個孩子，我跟我的孩子相處就像朋友，所以覺得我不像個母親，沒有做媽媽的心情，所以……無法寫出母親對孩子的詩。」

穿越是黑暗中最迷人的姿勢

王婷在這本詩集中搭配大量的繪畫作品，繪畫是她念實踐家專（現為大學）服裝設計科時就埋下的種子。

她的繪畫，「以虛實之間做為創作的靈感，將不同的形象連接，分開，再產生新的串聯。」簡單說，她不走具象，而是偏愛「表現主義」，可以潑墨情緒，可以自在解放，「我們將會明白／棉花糖的甜美滋味／走在虛與實邊緣」（〈自在〉）。早先第一本詩集，她就嘗試過將油畫和新詩結合。

如果留意王婷一路走來的繪畫創作，淋漓灑脫而鋥亮的「閨密系列」是一條界線和轉折，在此之前，王婷的畫常有「暗色」基調，跟王婷日常中給人熱情外向、開朗活潑的形象不一樣，但繪畫經常反映了看不到的內心世界。

〔輯三〕偏暗色的繪畫，似乎有著她陰翳微光的沉思一面，不為人知的、藉以隱藏自己的「暗淡所在」，這也許因為她在人生中歷練過種種情事，悲愁和感傷誰能沒有呢？然而黑暗，只是因為光還沒有照到罷了。黑並非全然的黑，好比人生並沒有完美的絕望，詩人顧城說：「黑夜給了我黑色的眼睛／我卻用它尋找光明」，黑也是一種改革前進的動力，王婷「把星光吸入吐出／學習在黑暗中摸索逆風」（〈自在〉）。有時女性在暗中的清醒，更具自覺性，「黑暗抑住了無知的自大／吞下僅能擁有的自由／我們不斷的告訴自己／不要膽小畏懼／我在此／在風中佇立」（〈日常之外〉）。

頗耐人尋味的〔輯三〕，寫母親、朋友、戀人（如〈分裂〉），內心幽微，淡淡感傷，包括〈你的藍色〉、〈拐一道月光〉、〈凹陷〉、〈雨，散〉、〈三月的眼睛〉都有這種情調：「心乾淨剔透／有凹洞的時候／順著零碎陰天／和雨聲／拆除一點的零件／平衡情緒」（〈矜持〉）。

黑暗中，她清醒的靈魂緩緩流動，尋覓著她的所愛，雖然「有時張狂蹬著波浪任海洋／成為更深的夜」……但是最終還是樂觀的，她說：「穿越是黑暗中最迷人的姿勢」（〈入境〉）。

黑暗之於王婷，也是正能量。我想，每個人心中都有一抹黑暗，活著就是為了尋找燦爛。一個人如果存著祝福和感謝的心，即便隱身黑暗中，也能發出光芒。對閨密、對親人、對朋友，不管世間如何黑暗，永遠保有心裡的那道光，因為你不知道以後誰會借此走出黑暗。

焚風，解釋了什麼是人在天涯

有些詩，有別於以往王婷的創作，是她的自我挑戰。

王婷身為一間商業公司的負責人，經常出國和出入兩岸洽公，也就是台商，但她很少以台商經歷的題材寫詩，以前她曾用〈厚黑學〉描述商場：「火已經停止燃燒／黑金色蒼蠅用強而有力的腳黏著不放／渾圓的臉上露出了月白色的軟弱」，也許在她眼中，商場是貪婪而沒有情感的，商人渾圓的臉上笑容是蒼白虛假的，這跟她率真的個性相悖，所以少寫。

但是，這首〈奔跑的防空洞——台商與他的戰爭島〉是比較特別的嘗試，詩中談及2009年她到非洲洽公，途經馬達加斯加共和國，正好遇上該國政變，「馬達加斯加的夜，無處可逃／窗外響起浯島戒嚴時壓路的戰車履帶／軍鞋沒有後路：向前／草鞋與膠鞋，必須／沒有破洞／才能踏過屋瓦與鋼片的碎」……

早年台商在外華路藍縷，歷經「北半球：冷風，南半球：焚風——／齊聲說，這就是／人在天涯」，但兼具台商身分和經驗的詩人不多，所以台灣現代詩的題材中缺了一大塊這段台商奮鬥史，王婷稍補了這個空缺。王婷本身是金門人，以前戰地全民皆兵，從小她就清楚「八二三炮戰」帶來的恐懼，記得她寫過一首〈人生勝利組〉：「我不斷學習如何逃避追捕／大海中／我是一條逃脫的魚／海水是我的共犯／前進或後退我們與風密謀／河岸邊濤聲四起／一隻鷹／從激流中竄起」——這首詩表達出她身為金門人的困頓和掙扎。

她在馬達加斯加的歷險，暗合她自己的金門戰地經驗，「彷彿母親又在喊——快，快躲進防空洞」！讓她寫來感同身受，「防空洞在記憶中奔跑成／一列晃動的車廂」，車廂外流動的臉，是一幅幅冷夜的潑墨畫。即便人在天涯，但心中有家，她在馬達加斯加的政變混亂、驚惶奔逃中，仍不忘抓住她答應孩子要帶回家的禮物（「我抓住要帶回家的玩偶」）。此詩空間交錯、時光穿梭，在緊湊的情節進行中，畫面交織著聲響一幕幕浮現於眼前，緊緊揪住讀者的情緒。

〔輯二 虛線〕，對她亦是比較有挑戰的，偏議題性，文字較為隱晦，但帶有思維性，如〈微型詩四首〉，或者〈都會女子〉在華麗的空氣中「把自己收拾得像一個符號」，女性在城市生活必須把自己活成一株耐寒植物，有一種女性堅強意志的呈現。而〈她的冰雪聰明〉講「小三（或狐狸精）」，語字活潑，「她摺疊日月精華／喚醒每一個早晨／直到累了／就做一個單純狡滑的人」。〈虛線〉簡單談著生與死，卻不落悲情，末尾仍回到王婷一貫的溫情，「讓想存在的人／互相依靠」。〈西藏來石錄〉則是她前往大陸淅江衢州「觀賞石博覽館」之後，思索眾生之愛，這也有別於她擅寫的小我親情和友誼。這些詩，值得慢讀細品。

王婷向來有效率，生命中每個階段的情事都盡力去完成。人生海海，盡力就是出色。這本《甜祕密》詩畫集，會是她生命中一個嶄新階段的完成與開始。

【序】

她者之迷／謎——序王婷詩集《甜祕密》

楊小濱／詩人

去年年底，詩人畫家王婷在台灣師大藝術學院德群畫廊的畢業個展就是以「閨密」為主題，透過拉岡的精神分析學說來表達及闡述作為她者的閨密如何成為主體性不可分割的要素（這也是她碩士論文的題旨）。這次，「閨密」再度成為王婷這本詩集的主導動機——閨密的「倩影」不時出現在各篇詩作中，成為貫穿了整部詩集的關鍵詞。當然，詩歌寫作絕不是概念的演繹，因此，即使「閨密」一詞並未出現在除了書名和標題之外的詩歌文本（詩行）裡，我們仍然不難察覺到王婷對於生活中無處不在的各色「閨密」的敏銳捕捉——無論是精神性的，還是現實性的。

用王婷自己在詩中的文字來說：「孤獨會削減春天的美／而春天需要／我與非我」（〈閨密〉）——即使是從美學的意義上，孤立的自我也會減弱美感——自我只有在與非我的連結中，才能回應春天對美的呼喚。我以為，這裡的「非我」，閨密便占據了主要的部分。雖然是「非我」，但閨密要麼是「我們」的一部分，要么是親切的「你」——始終占據著君臨主體的關鍵位置：「即使沒有回頭／我知道你一直都在」（〈閨密三〉）、「我們互相照耀」（〈閨密四〉）、「海洋與貓都是你／你是我的恆星」（〈閨密十二〉）……一再體現出這個「她者」不可或缺的決斷性存在——無論是在現實還是修辭的意義上。

在與她者共存的情景裡，王婷所感受到的與當代詩中的經典畫面（或者也可以說是過於寓言化的畫面）可相對照，或可看出一種衝突性的互文關聯。「浮雲有時很近有時很遠」（〈閨密十四〉）就改寫了顧城「你看我時很遠，你看雲時很近」（〈遠和近〉）的武斷名言。在這樣的表達中，「浮雲」甚至意指了紛擾的世事或富貴，而這恰恰是她者的純粹特質所拒斥的。這也是為什麼詩人要上窮碧落下黃泉地尋找那一雙理想的眼睛：「我將自己倒掛／行走，倒立／從逆光中尋找一雙眼睛」（〈三月的眼睛〉）。從某種意義上說，追尋她者的過程也是追尋自我的過程，主體往往是破碎的，亟需規整的，因此「我整理著散落各處的靈魂」（〈虛線〉）也必然是一種對她者所要求的主體秩序的努力，哪怕很可能是徒勞的努力。

不過，她者未必是一種實體的存在。對王婷而言，尋找她者的過程也是從虛無中創造出她者的過程：「想你／用貓的眼睛／虛構情節／一些迷惑，一些魅力」（〈矜持〉）——在這個意義上，「虛構」便代表了創造她者的藝術行動，其實質在於對「迷惑」或「魅力」的建構。如果說君臨式的她者具有審視的功能，那麼王婷追索的她者褪去了符號性的外殼：「想你／不需要名字」（〈矜持〉）——也就是不需要標籤化的、符號化的統攝。

王婷心目中的她者執行了多元化的功能，或者說那種所謂的魅力就在於異質的生活形態：「每次都有不同的意見和看法／而我喜歡傾聽／最怕只有一種聲音」（〈閨密十二〉）——她者不再是終極真理的象徵，反而是眾聲喧嘩的源泉。從另一個方向來看，她者也就不提供清晰絕對的話語，她甚至暗藏玄機，捉摸不定，而這不正是「迷惑」或「魅力」的所在嗎？因此，「祕密」也成為王婷閨密美學的關鍵詞：「我們把祕密塞在彼此口袋」（〈閨密十四〉）或「你是老實樹／每一片葉子都藏著我的祕密」（〈閨密十六〉）都體現出主體與她者互為神秘對象的關係。

對王婷而言，這種她者的神秘未必是桃花源式的幻境，也很可能體現出某種深淵的特質：「這暗黑的力量一直是一個謎」（〈閨密〉）是她從第一首詩開始就敏銳捕捉到的——無論如何，謎本身便是難以捉摸的、無法符號化的真實世界。甚至在追尋出口的路途中，神秘成為無窮盡的系列——「隧道的盡頭是另一個隧道」（〈你的藍色〉）——但也常常會有驚喜的結局：「時常在迷失過後／在細節裡找到彼此」（〈閨密十四〉）。這種「寶物」

（agalma）般的神秘存在成為主體欲望的對象，哪怕王婷也清醒地感受到：「友情是帖良藥也是毒藥」（〈閨密四〉）——偶爾，歡樂內部的神秘也會是冷峻的靈魂：「每次出現都是一次嘉年華／但是笑容卻冷得像青銅」（〈女神〉）。在這種種矛盾、錯位的她者關係中，王婷探測出詩意的深度張力。

作為藝術家，王婷自然不會忘記，詩也是可以傳遞視覺藝術的美學效應的。她詩中時常出現的畫面體現出她者之境的多采和多元：「墨色／焦、濃、重、淡、清」（〈閨密五〉）以水墨的濃烈與淡泊鋪展出情感的光譜；「變幻時美麗，彎曲，扭動／層層疊疊帶著巴洛克式風格」（〈閨密十九〉）描繪出德勒茲式的異質褶皺；「從剝離的牆面上構出一幅畫／蝸牛，漩渦，迷霧」（〈凹陷〉）具有梵谷晚期風格的某種暈眩感。而當「世界成了掏空的畫」（〈你的藍色〉），虛無的詩意更迫近了具有佛理的覺悟——色與空的辯證。

作為一種女性寫作，王婷的詩並不被婉約溫柔的美學所框限，反而常常流露出灑脫甚至狂野的風格。比如「星期天被風撕成碎片」（〈都會女子〉）、「日子是一匹柵欄內的馬」（〈日常之外〉）、「有時張狂蹬著波浪」（〈入境〉）這類畫面無法用「美」（beautiful）的概念來描述，而更接近於「震撼」（sublime），顯示出直面險境的勇氣。也有時，我們可以體會到某種灑脫的女俠氣質：「忘了用笑完成世界」（〈閨密十七〉）流露出難得的達觀——

甚至連歡樂都是可以不必拘泥的，只要能夠獲得「完成」或「完滿」。這當然不外乎是楊牧式的，「朝向一首詩的完成」，表明了王婷依舊相信語言，因為語言世界承載了她者型式（秩序）的基本樣態。那麼，「水鳥駝著我們的語言飛翔」（〈拐一道月光〉）——幾乎可以讀作王婷的詩意烏托邦——這像是一幅藝術畫卷，展示出夢幻般的自由場景——而在這裡自由恰恰是語言——「我們的語言」——她者與主體的共同組建所賦予的可能。

【序】

集錦王婷

吳鈞堯／作家

王婷的簡介「形同虛設」，因為對一半，另一半在字裡行間，完全看不出來。她在詩集《帶著線條旅行》寫下，「畫是實，詩是虛象，以虛實之間做為創作的靈感，將不同的形象連接、分開，再產生新的串聯」。詩、畫結合，不僅增色，且一舉呈現兩種才華，對比簡介「臺陽美展」、「新北美展」、「南部美展」、「台南美術館邀請展」等，可謂相得益彰。紀錄如此輝煌，簡介依然無法盡描她這個人，因為另一半的王婷，必須自己見了，才能領受更多。

我認識王婷的時間非常晚，遲至二〇一八年年中才因緣聚會，她輪廓深、聲調中有林志玲嗲音，我心想，這該是歸國華僑吧，所嫁的人必然富貴兼具，才能在眉宇間生養驕氣。當時桌次不同，彼此串門子敬酒時，她低頭，猶如嬌羞新人。

後來的發展很意外。王婷根本不是華僑，且是我金門同鄉，育有兩子已成年，恢復單身的代價則非常高昂，她這一輩子都獨立自主，成立企業，造就一群夥伴，學她獨立自主。

誤會大了。她不倚靠別人，而成為他者的倚靠。有些人，昨天喝了碗魚翅羹，還能得意到今天，但王婷吃了多少苦頭，才能成功做貿易、畫畫、寫詩，但那些苦處，連條魚尾紋都沒留下。

二〇二一年十月，我在疫情稍稍緩和的空檔辦理詩集《靜靜如霜》發表會，發言中感嘆，很多人拿到詩集都說封面好美，畫得真好。二〇一九年也是十月，我出版散文集《重慶潮汐》，發布我舉新書的照片後，收到許多來訊，問我，那件印有「重慶潮汐」的T恤真好看，哪裡可以買？這個誤會也很大。封面剝了詩集風采、衣服奪了散文韻味，都因為王婷。詩集封面是王婷的畫，她寄來多款，免費使用。衣服，王婷設計，除了字的顏色與擺放位置，還克服海關問題，一件衣服費時幾乎兩個月。

這十幾年來，我擔任主持、演講、兩岸交流致詞，不知凡幾，唯有唱歌這事，始終難以開口。這陣子還能夠哼唱幾句，要感謝作家牧羊女勇敢走音做自己，再要謝謝王婷邀我合唱，〈讀你〉、〈傷心酒店〉等，唱完總給我溫暖打氣。二〇二〇年十月，王婷《島嶼之外》主導金門、馬祖詩人合集，當時我重拾新詩不久，但她已經相中我的作品，語氣篤定，「就是你了。」還好，這個不是誤會。王婷成為酒肉朋友以後，我的酒量、體重跟著上升，而且她常做東，幾次說好由我，最後她仍以遲到、新詩刊登心情好等種種怪奇理由埋單。林林總總，簡介當然看不出來。

王婷詩集短詩為主，吉光片羽不能等閒放過，圍捕過程，優雅與音韻都必須顧到，故而清新雋永，近來她的作品婷漸漸寫長，〈母親〉寫著，「有些聲音從角落湧出／每一個句子都像需要／維修的時鐘／走著走著就亂了」。以壁鐘寫思念、時間以及眷戀難忘，白描的訴求在杜絕華而不實，所以喉韻特長。

情感路上，走著走著就斷的王婷，卻在人生下半場回歸到寫作大隊、以及畫畫與藝術的懷抱，有趣的是聚會時，她少提商場上如何以一擋百，造就自己與他人，卻專門談自覺不擅長、而別人可能擅長的小說與散文。這不正是，做球給我打嗎？我也就傻呼呼地，相信王婷不會那個、不懂這個，等我招數使盡、發言完畢，這才感到臉頰熱熱的。

二〇二四年六月再是王婷的大日子，出版詩集《甜祕密》。詩集到命名是她畢業展閨蜜的延伸，可以驚喜發現王婷在新詩長度、深度以及甜度的延伸。從短短數行、吉光片羽，到達每節五六行、七八行，看似不起眼的改變實際上是王婷，對於新詩已經從垂釣演變成撒網，甚至可以遠洋以後再回歸，故而對生活現場、對母親與故里，都能一一補綴、整頓、抛光，使之成為光的流域，深度便以此而來。甜度這層，更讓王婷詩如人，她在意象的巧妙連結間，完成平衡又好看的困難任務，以書寫戰爭殘酷為主題的「移動的防空洞」，「草鞋跟膠鞋，必須沒有破洞，才能踏過屋瓦與鋼片的碎」語言簡單但殘酷，不談血淚卻滴滴血淚，這種甜度必須修煉，才能提煉苦難為人間盛開。

《甜祕密》便也是王婷集錦，是她人情、人緣更是新詩美學的拉曳與豐收。

文人見面，最美好的結果是，「哎呀呀，聞名不如見面……」王婷不僅如此，猶如未出閣少女，留了好多給人探聽，詩集出版後，我們慶幸除了探聽，還可以陪伴詩句左右，找到她各樣的燃燒。

輯一

鏡中

重聽

她從睫毛撕下一段時光
開始學習矜持　理解唇的語彙
五十之後風雨兼程
生活燃燒生活
她豎起雙耳
以耳洞做為傳遞訊息的窗口
回聲在指尖流動卻
無法觸及

她善良地辯護歲月的恐懼
耳力卻向她揮拳
每個重音都踩著哀傷
一次次地撕扯著左耳。右耳
五十年的主婦生活
像一縷光
消逝
她仰起頭幽幽地說
即使發生過也並不能證明
影子依然會存留其間

鏡中

軀體還沒醒來前
她整理散落在各處的靈魂
從青春到兩眼昏花
皮膚道盡了一生的忙碌
厚唇下泛黃的牙比枕頭還鬆軟
時間迴盪
過錯與錯過
在心底不斷擴大
她掩耳

掩蔽灰白的心

鏡中
一雙鷹隼的眼
反射著失誤的白髮
她借一抹光
回想
一切都遙遠了
窩在懷裏的小孩已走遠
就連探望也換成了早安圖

靜寂坐下
而她起身
疼痛的關節如樹根盤結

眾神無語

失眠

時間定格時
月，正好從天空墜落
沒有月光的晚上
細節像一堵牆滋生
扳不直的瑣事不斷膨脹

眼皮頂了一整個黑
靜默的形態足以吃掉一個人
在這虛弱的夜

我在不同的鏡中不斷老去
眾神無語
我穿牆。赤裸
夢見一個白日

暗黑，數百匹羊鬆綁後
四處奔跑
我。看到我
也在其中流竄

成長

站在鏡子前面太久
人的心會形成
一條很深的斷層
如同八字和掌紋
毫無知覺的切割著命運

幻

貓頭鷹有夜的血液
藉由月色拴綁每一個夢
我埋伏在這裡
爬行舞蹈
等一陣風吹襲

為了加速焚燒夢幻
我哺餵孤獨
用聲音回憶

在曇花盛開的剎那甦醒
影子渲染我們所在
不停來回騷動
我遺失了一個夜
又在灰燼中尋獲

風中

讀了一首詩
拓些慵懶紫與白
日子沿著風
鬆綁

鳥兒唱歌
整條街的窗都睜大眼睛
佇立風中

不老

耳鼓內有人呼叫
這是粗鄙又熟悉的聲音
她屏息　試圖忘記死神的臉色
卻怎麼想不起如何攻擊或防守
漸亮的光反射在閉著的雙眼
歌聲早已經去流浪

如果日子從相反方向來
沒有朋友不斷告別的消息

垂著樹的果實依舊鮮美
風一吹葉子婆娑飛舞
茉莉　百合　玫瑰四處綻放
她坐在一個人的客廳
懷著逗點大的願望
仰望神

增值

她在手心寫下土地
月光輕灑的手指慢慢生出
成一種病
從這個島嶼到那個島嶼

她　時常和自己對話
失去追逐時光的腳程後
開始變成批評家

她給容貌吃防腐劑
無論走到哪裏她都不忘調撥時間
看似安靜的心
裝置著許多小劇場

沒有父母家已經不是家了
現在即使擁有曾經想要的夢想
也沒有什麼感覺了
滿腦子的話落筆
又氧化成腹語

貶值

他在跑步機來回踩著一張臉
直到變形而無法辨識
風很大
他顫抖卻不知道是累
還是冷

地上一列螞蟻搬運著米粒
整齊有秩序
它們一直都有自己的任務

就像朝九晚五的上班族
中年失業的他
找到空隙跟著螞蟻
排隊、排隊
整齊而有秩序

喝茶

午後最先甦醒的水
越過天空和鐵羅漢較勁
茶色停在　心和眼之間

觀想成為一種習慣
茶醉留下一個缺口　等待
墜落的一心二葉
和整壺倒影

水老了
茶涼

聽！什麼聲音

樹慢慢坐成一片森林
穹蒼下
每一株都頂著自己的命運

葉子是樹的眼睛
注視著你來的方向
葉脈曾經分享著喜樂與悲傷
重複疊著風蔭成綠波
樹梢上的過客是不是寂寞

年輪比小鳥還明白
我們乍醒
滿手的蝴蝶從不知處方向來
又隨冬天的眼神飛走
佇足在樹根上青苔伏著
無名的情緒

秋天
樹葉漫天飄搖
只有你聽不見葉落的聲音

六十年後

從子時的第一起砲聲
我們丟棄月光
恐懼割破海浪
人們的揣測讓眼睛深陷

黑暗中
母親說快走啊
要來抓兵了

波浪前仆後繼
海草彎腰躲著巡邏機的眼
石縫中的小魚
整夜都沒有闔上眼

數年後
花火在天空綻放
那升起的巨響和槍聲
一起卡在六十年前的夜

尾聲

桌上散發香氛的蠟燭小心
翼翼處理著身上的黑煙
鏡面裡的高椅
擺動著空空蕩蕩的軀殼
咳嗽　開始了一天

掃地機器人漫無目的在客廳
繞過趴在桌腳的毛小孩
又巡視沉寂的房間

天氣預報四月又是
陰雨綿綿的天氣
清明時節雨紛紛他暗自唸了兩句

兒子送來空氣清淨機用香氛摻和
他發出的氣味
固定周末和孫子來探望他
空氣中瀰漫了一種擰不乾的溼度
那是
媳婦離開時捏鼻子的手勢

輯二

虛線

她的冰雪聰明

她走在狐狸小徑
沒有一朵花能奪走她的靈巧
除了雨聲

嬌柔聲線從跺腳開始流動
一轉身　弗朗明哥的姿勢
就熟透整個天空
她嘗試維持一種高度
蓮花般向天伸展

嘴裡說出覺悟的語言

她摺疊日月精華
喚醒每一個早晨
直到累了
就做一個單純狡滑的人

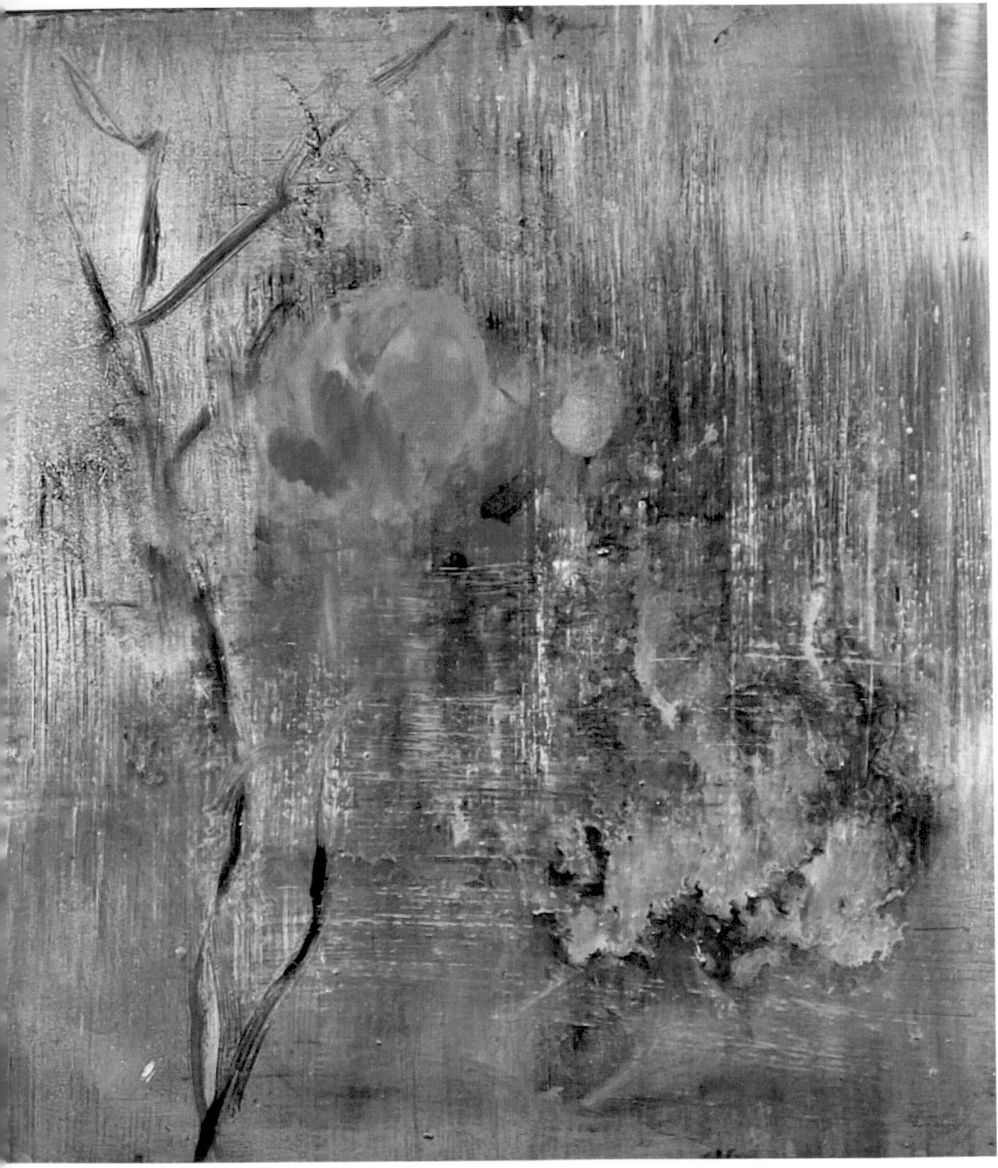

盪起的圈圈

開始與結束

心在槌與槌之間
體驗載滿宣示的聲響
舌頭平靜
謹慎走在溼滑的路上
試著理解虛無本身的意義

在失去的花園
我們從相反方向開始
張望的躲入風中

隱身讓晨光優先通過
等待花朵綻放後
盪起的圈圈
許多世紀我們相依
沒有休止的冒險
把願望壓成多邊形
否認
夢
正好除盡為零

微型詩四首

眼與心

喜歡
依舊喜歡
他缺席他還在說著

覺醒

關於愛情的敘述

再往前就缺乏血色了
每個嗓音都成了掉落的雷聲

存在

時間在虛實中爭辯
空曠街道和隱盾的人們
為垂死思想捲動久違的問候

真相

窗外的風景是否美麗
眼睛
永遠說不準

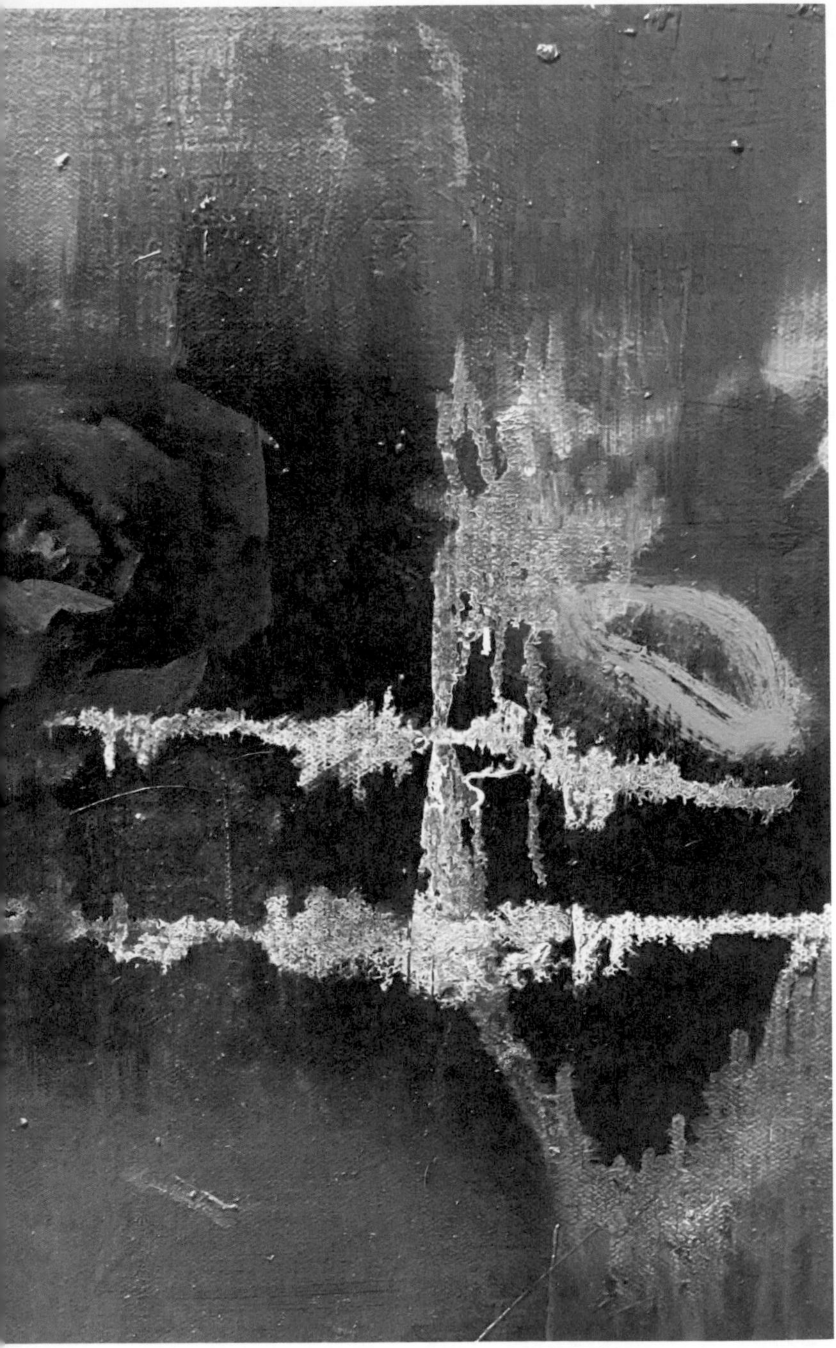

都會女子

華麗空氣中
她把自己收拾得像一個符號
眼瞼測量著噓氣和金錢的距離
一如往昔
星期天被風撕成碎片
每一面牆都隱匿鍍金的喧嘩
她如沙漏滴流
白色流貫中帶著狼的嗚嗚

百花齊放的世界中
她是耐寒的植物
花色在微笑中靜靜通過
城市龜裂的聲音從耳後響起
無盡又抓不住
她從耳朵掏出一片黑
有些焦慮，或許
更接近夜色

虛線

早晨在軀體還沒醒來之前
我整理著散落各處的靈魂
昨晚遇到了誰
去過了什麼地方
都糢糊了
只有雙炯炯目光如星星直視
掃瞄一眼便引人思索
這生和死的距離

然而我已經想好了腳本
句子比長篇大論的悲劇台詞
還要生動
雖然寫不出超越永恆的篇章
卻足以讓想存在的人
互相依靠

旋轉木馬

遊樂園裡她騎著粉紅色小木馬
一上一下隨著樂聲起伏
節奏好像她數十年北漂生活
飛揚的長髮有時跋扈
有時浪漫

旋轉的木馬背後還有一隻
木馬一上一下緊緊跟隨
身旁伴侶說

馬是最好的老師
飛奔的馬不能保持飛升
就會沉下

最幸福的進步是源自於激勵
生活受到抵觸的地方才能釋放活力

旁觀者也是最好的老師

最迷人的姿勢

入境

靈魂緩緩流動
有時張狂蹬著波浪任海洋
成為更深的夜
有時扭動緊繃顛倒如
十字路口的車流
加速或停止形成小舞布
細胞張開雙臂
迎風迎雨

穿越是黑暗中最迷人的姿勢
虛線如卷邊的唇語
在馬丁鞋上
從第一孔到頂孔來回穿梭
雙手在忙碌中變得渺小
雷電交加之下
莊嚴又驕傲的呼了一口氣

日常之外

日子是一匹柵欄內的馬
少了奔馳的蹄聲
眼神只能向外睇視

薄暮微行成翻卷的夢
飛過森林飛過海洋
飛過熟悉的家門
此時孩子入夜後哭聲散落
如雨滴滴答答

打在忙亂的生活上

一切都變得遙遠
黑暗抑住了無知的自大
吞下僅能擁有的自由
我們不斷的告訴自己
不要膽小畏懼
我在此
在風中佇立

西藏來石錄

我依舊無法忘記
鎮坐在石博館的長型巨石
原以為是塊無名的風景
怎知竟是情感的結晶

宛如從一顆佛心開始
念力滾動在天地間
看似僧伽的巨石受磁於浪漫
巧妙連結了眾生之愛

輕輕走出西藏之巔，一路
銜接江南

舉重若輕的巨石裡
沉默的僧人
有三歲的笑容
三十歲半夢半清醒
三百歲風霜和三千歲的故事
隨著光
繁衍愛的係數

在衢州醒來
仙人成謎
我依舊是那塊頑石

等你，在豆梨花開的島上

春雪在驚蟄中篩落
太武山喉頭塞滿一場春吶
輕吞慢吐中簇簇小花
繁衍成眼前的白
成千上萬盛裝而來
嫩綠的花骨撐托著細雪
揭開春天

三月雪帶有春的亮光

薄霧不開
穿過心中那個大夢
不斷的說
讓小島坐臥成遍地雪白
如流星雨一樣許願

我們的島以英勇之姿
走過冬天
以豐盈的白邀請春天
相信內心有愛
三月留雪

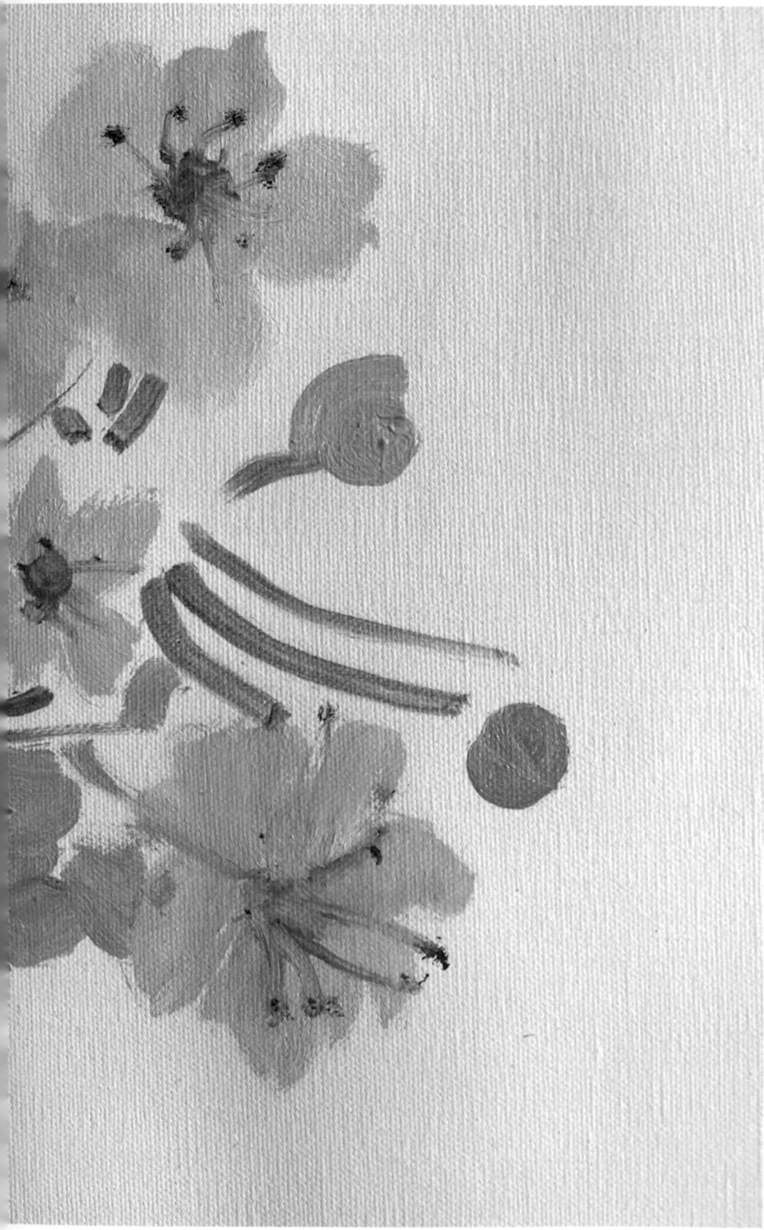

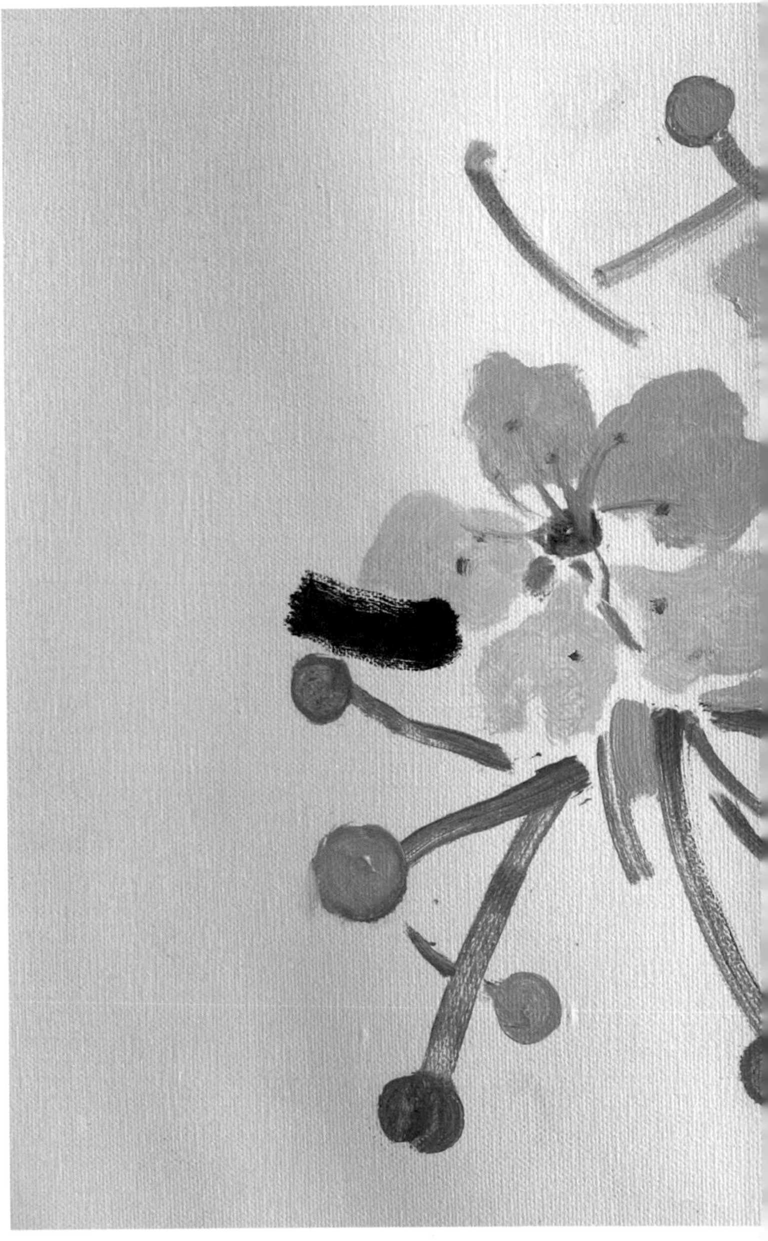

海的聲音

海是一張未被沖洗的底片
無形無相
海底的珊瑚浮起一片雲
雲生下水，水揚起浪
珍珠在貝殼裡醒來
雖然沒有五彩繽紛
但是其中的那一抹藍，就可以
接住海的聲音

一片掉落的聲音走來
將腳趾埋在沙灘上
細沙溫柔的幫你留了個位子
你說你是最透明的湛藍
從逝去的光抖動起來隨著
海風奔於天空。於海面
你沉潛、悶氣、泅泳
曾經安靜的河床緩緩起身
將浪花拉成曲線
在翻卷的雲下他們都聽到
海的聲音

墨色

墨色移動
山川謙卑的延伸
靈光騰飛時
寂靜叩擊彼方
千錘的丹青百鍊成神
存在於此
是不能拒絕的美

繁複的花朵

不斷的把軀體旋轉
倘若有善舞的人佇立於此
將如史詩一般
絕美
沒有善惡

自在

日子像是落葉
風一吹就飛得很遠
只有庭院的老藤還留在腳邊

當我們開始思索
在心和眼中間架著一面鏡
把星光吸入吐出
學習在黑暗中摸索逆風
遺忘山水　遺忘自己

藉著素心踩下一步腳印
減緩錯縱的情緒
避免手腳抽筋
此時一千個毛細孔同時張開
隱在花玻璃的惦念
隨著母親說的神話故事
又復活

我們將會明白
棉花糖的甜美滋味
走在虛與實邊緣

春天的使者

女神

她是天生的貴族
每次出現都是一次嘉年華
但是笑容卻冷得像青銅
大家喜歡她
包含她的嬌縱

她用有限的心跳舞轉圈
動作靈巧像是一種使命
她的複眼可以看穿陰森怪幻的靈魂

此外她還有優美歌聲

每當神力降臨她的身上
大地回春
人們會簇擁著她做為春天的使者
並祈求一份溫暖和平安
她悠然揮手笑容
冷得像青銅

衣櫥裏的心事

衣櫥裝著不同心情
有時坦白
有時候幽默

月的圓缺
決定流行時尚起伏
陽光升起
女子們忙碌的從衣服中觀想
波絲菊和牡丹裹著寂寞

青春富含蛋白質
春天每一花朵都是北國的先知

衣櫥是魔幻的
而女人如雷內馬格利特一樣
超現實

輯三

拐一道月光

穿衣

當他扣到第三顆釦
忽然摸到
母親年輕時的手
上衣口袋溜出幾句細碎的叮嚀
花襯衫上還有嘩啦啦的洗衣聲

母親

雙眼和牆上的壁虎
已經對峙二十四小時了
夜正在變化
有些聲音從角落湧出
每一個句子都像需要
維修的時鐘
走著走著就亂了
我在您臥床邊
聽著聽著

時針遊走圓池
滾動的舊日在網膜中挖出兩個陷阱
雙頰和魚尾紋和印堂上微笑的八字紋
裂成旱象

時間
緊緊跟隨母親

鐘聲陷在白牆
長夜裏
童年一一進入屋內
鏡裡髮色仍烏麗
鼾聲微隱
一群孩子捏手捏腳的溜出門打水漂兒

月光下
您的臉龐飽滿
鼻頭透著光

夜把壁鐘撥回現實
我認真擦拭鏡裡的魚尾紋
有幾條皺紋
仍不知情地爬到您的身上

母親的麵茶

睡眼追逐著初醒的煙
月牙白的煙　扭動著水蛇腰
冉冉上升
眼與味蕾同時甦醒
香氣投身在每一張泛著光的小臉

熱水在碗裡翻騰
滾熱的水沖在月牙白的粉粒
一攪拌，湯匙一劃

就劃出一條河
那是母親的護城河
城內是呵護　城外是叮嚀
陣陣麵茶香裹著清晨惺忪的眼
和母親凍紅的雙手

金黃色麵茶
隨著年齡增長不斷在擴大
我拉回一次次世界但拉不回
母親劃出的護城河

送別母親

從初夏到深秋用八個十月
換八個沉默

夢一擱淺
生命的裸體如飢餓小狗
咬著骨頭不放
時間一層一層脫落
留在皺紋裡的你
還守在冬天刷一排笑

為了吃飽還要再吃的太陽

風撩起烏絲再落下已是
散落枕頭上的白髮

對於生命的敵意我學習像
駱駝一樣甘願下跪　負重
您在往淨土的方向前進
不要回頭
不要回眸
我會試著放下
將遲遲不肯離去的掛念
繫成額上的一朵花

奔跑的防空洞——台商與他的戰爭島

二〇〇九，三月的馬達加斯加
黑暗，不可調和

黑暗抵達了安塔納納利佛。
北半球：冷風，南半球：焚風——
齊聲說，這就是
人在天涯

臉是一張張夜色的

潑墨畫。注視著來往，眼中的白

燈火顫動，啪啪啪啪啪啪
蛾群擊落的黑，被
更黑的空氣阻擋
馬達加斯加的夜，無處可逃
窗外響起浯島戒嚴時壓路的戰車履帶
軍鞋沒有後路：向前
草鞋與膠鞋，必須
沒有破洞
才能踏過屋瓦與鋼片的碎

一種聲音蓋過另一種
一種聲音穿透另一種

童年在戰爭裡……
彷彿母親又在喊——
快，快躲進防空洞

火寫著歷史的每一段——
這座島正在尋找新岔路
當地的司機說：這是政變！
大地撕破了天空
車窗外，是潑墨的臉
在驚惶奔逃
我抓住要帶回家的玩偶
暗自盤算
貨品與險境間的得失

火轟然沉入暗處，深不見底
防空洞在記憶中奔跑成
一列晃動的車廂

分裂

兩個人的幸福比一個人的幸福
還要幸福
而一個人痛苦比兩個人可以承受的痛苦
還痛

好花易冷
悲傷如無盡的夜
苦痛召喚不回光陰
但經歷會使人變得堅強

世間比無常更無常
而我們仍被要求
溫柔敦厚
於是
男人仍是男人
女人還是不明白愛情

你的藍色

你又在和自己對話了
說的是歲月的沉默和冬雨
的顏色

時間排列成一直線
鋼索上的心事
來來，回回
釘在原地的腳趾宛如生了根
你走不出去
我走不進來

世界成了掏空的畫
隧道的盡頭是另一個墜道
你轉身的世界
跳舞的雲雀失去了靈魂
心跳和耳鳴重疊
翅膀忘了飛翔的節奏
無邊無際傷痛
在傷口吐納聲中
一起哭喊

暴風雨來襲之後托起你
安靜伴你坐在長椅
原來我從來沒有和你
這麼近

語言飛翔

拐一道月光

你一歸來就截短了季節的長度
我們都因歲月改變自己
也改變人生模式

去舊金山也要去遠方
你烏黑的長髮從
街道那端晃動地向我們走來

水鳥駝著語言飛翔

黑夜裡我們張開雙臂
在百年的屋頂上
拐一道月光用一口酒
燃燒喉頭隱藏的靈魂
載著湧上的血液
擬聲劃出鬆綁的輪廓線
以候鳥的性格棲息在角落
你會不會落葉歸根
或是將自己放在遙遠的他鄉
此刻的答案應該只是一種勇氣

凹陷

一抹黑
在空氣中滾成石頭
迎面襲來
我在夜裡黑色的膨脹

眼皮是翳
大規模的陰暗在我體內翻湧
拍在削瘦的胸口
洗蝕成嶙峋的磯岩

清晨五點三十分的眼睛
像我的小宅　不適合過夜
烏雲一來就滿了
註定要下一場雨

沙發凹陷的弧度留下情人的微笑
黏膩的像麥芽糖拉得好長
嘰哩咕嚕的祝福落在凹陷裡
窩藏我的不安

我的夢走了好遠
從剝離的牆面上構出一幅畫
凝聚在另外一個星球

雨，散

今天的雨多了一點心思
懂得誘開一扇傘安置隱在雨中的臉
朱紅色的傘時而啜飲迷人的眼睛
時而育著風暴

雨水沿著傘弧形俯視
滴落的小水珠馱著舊日
如花窗玻璃碎片
灑下

我穿越傘下冷不冷
都顫抖

大雨滂沱
車流在人群中喋喋不休
我凝望著雨中人潮
解剖著生活和眼神
終於明白
雨和雲
愛和傷害
都來自同一個
你

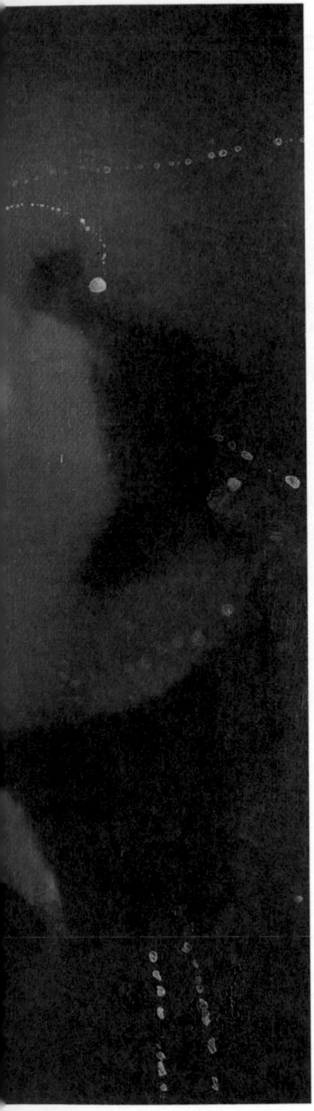

三月的眼睛

三月那場雨是妳搖曳的裙擺
像飛行中的魚
不斷擦拭路過的影子

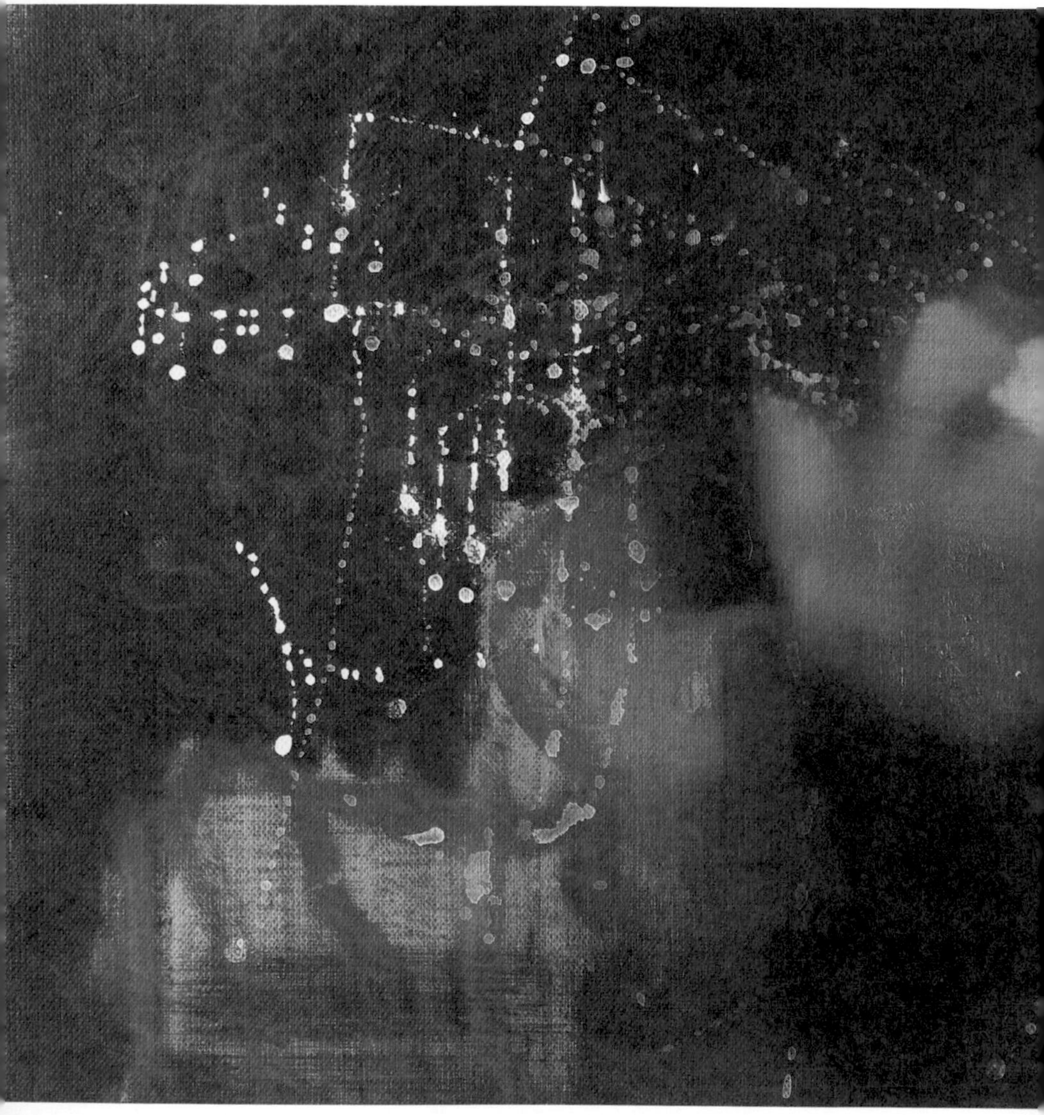

綿長雨季拉長了我的焦慮
儘管是深夜我仍在思考
如何用葡萄酒增加自己的勇氣
我的感情無法複製
深邃如妳的情感
你在夢境我就是妳的夢

長雨漫漫
我將自己倒掛
行走、倒立
從逆光中尋找一雙眼睛

兩端

我們不召風雨
像部首安靜佇立在空氣中
左邊堅定　右邊留白

多年後我們各在一端
你早晚尋我
卻繞過故鄉和我住的城市
醒來才知又做了一場夢

曾經我們用整整半生
把彼名字寫在一起
圓心消失後
不再對話
只是揣測著
我們是否仍真實

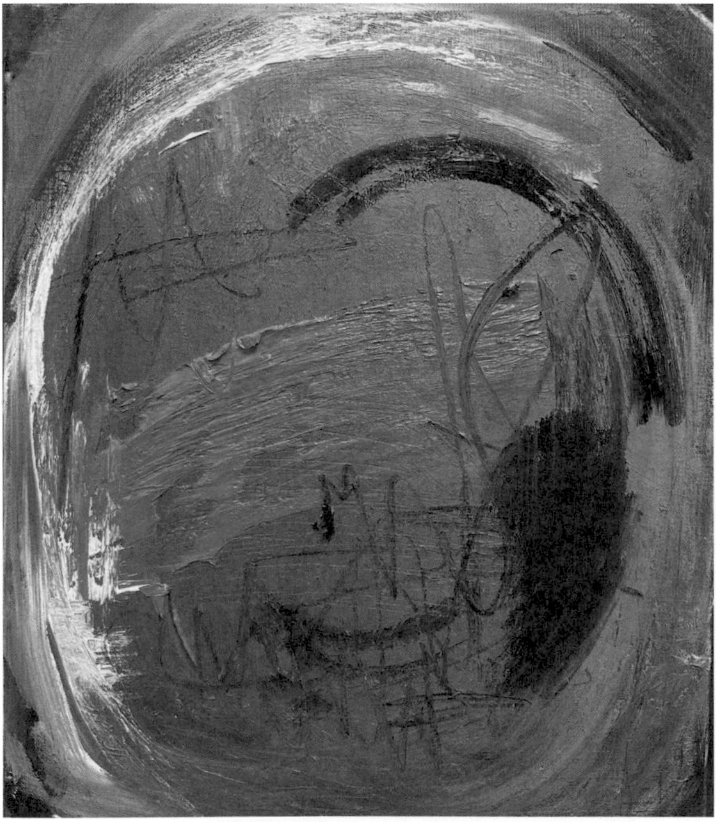

矜持

月光拉長了影子
時間側著耳打開一扇窗
數數

想你
用貓的眼睛
虛構情節
一些迷惑，一些魅力
哭、笑

和不說話的時候
心　乾淨剔透
有凹洞的時候
順著零碎陰天
和雨聲
拆除一點的零件
平衡情緒

想你
不需要名字

遷移啓事

早年的開創
他們太年輕無法引起共鳴
談論的問題在風雨間不斷撕成碎片
留下的話像過冬的枯樹

經年累月銜接不上話題的
老人望著他們在黑暗中變得精明
又不斷的變笨
在石塊截斷的節奏裡

眼皮支撐著悲傷

為此老人不斷反省
如蓄鬍的人講究刮鬍方式
卻不明白閃爍的刃鋒
總是配合著心疼

現在，他們搬得更遠了
除了玩具禮物
老人再也找不到理由做個慈祥的爺爺

輯四

釀更多的蜜

閨密

——善牧者

森林中沒有光
不知道天與地
如何丈量

我從你的手心拿到一粒種子
隨著節氣春耕夏耘
為它灌溉澆水使成大樹

也許我會走入數片森林

而我將空手而歸
如果群樹中沒有你

母親說欠人家的情要以義填滿
在你的主前我唸著阿彌陀佛
神，如你如我
正是「我們」

善牧者
給人羊、給羊牧草
於是我決定不說
為了在心頭栽種一個迴路

閨密

二——甜甜圈

本來糾成一團
加入巧克力歐菲粉紅草莓
多巴胺泛七彩在甜甜圈打滾
魔杖依著黃金比例分割百合香
神奇的療癒大圓圈內的空心

白頸素描白雪
銀月自由自在地飛躍
按下快門的速度有點拉丁

慢慢地慢慢　再甜的滋味
也需要花蜜的書寫
她們說

時間軸線上

閨密　三

相聚不需理由
請攜帶一朵百合
我　會在不同的路口等你

我們來自不同的山與河
生活在同一個天空下

然而無論在時間軸線上的
左邊或右邊
即使沒有回頭
我知道你一直都在

閨密

四

我們互相照耀
不需要選擇

然而彼此的距離
一直在告別

友情是帖良藥也是毒藥
在你心裡出入多時
你沒有意識到我

落葉比落淚還美
當秋風吹起
我借風向縮小
縮小

焦濃重淡清

閨密

五

水中的魚
醒來又睡著
靠近，集結成了最美的水墨畫

墨色
焦、濃、重、淡、清
濃淡轉筆間成一種翻閱
我們習慣指縫中溜走的情感
和暈染時交會的雲影

聚聚、散散
完整和不完整都有美感

對話意簡言賅
溫度可以溶解臉上風霜
天空喜歡湖水倒映中的我們
偶爾盪出漣漪就一起畫圈圈

不即也不離
情感在禪杖與摩杖之間
帶動無盡止的水流

沒有界限的存在

閨密

六

除了愛情
我們可以擁抱愛
如小鳥飛翔的弧度
我們滑出結界
時間碎成點點繁星
隱形
我們沒有界限的存在
純粹如風景中的風

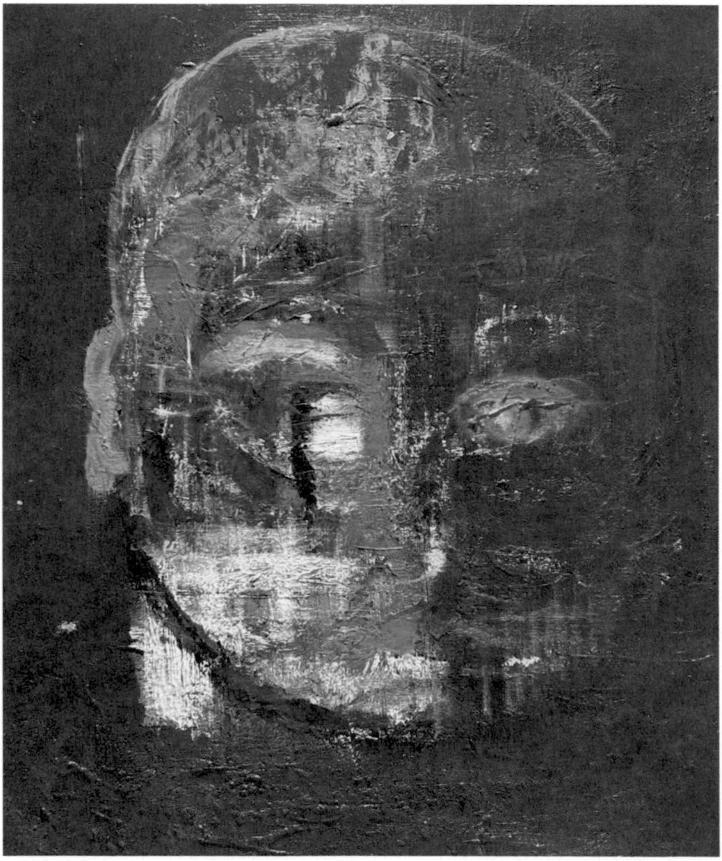

閨密

七

你拉著我聽雨落
雨聲在低語中輕打著節奏
我打傘
伴隨滴滴答答聲響越一個個路口
天空廣袤無疆而多變
晴或雨
傘在雨中　在心中
如一朵花
在每一個不經意的瞬間盛開

日子如珠雨
一串串的連結在一起
漸漸我們明白握住傘柄的手
是我
也是你

忘了用笑看世界

閨密

八

我們體內都住著一個小島
貧脊土地上懷著強悍的胄甲
我們自在如夏花
讀書　吃飯　走路
忘記戰爭的節奏

時間專心的走著
我們忙東忙西最終不知忙些什麼
太陽依舊升起而我們

忘了用笑看世界
忘了抬頭看天空的訊息

十八歲之後機場跑道把我們分開
又從愛的隧道將我們送回
再度相逢我們相視
快意時露出鑲牙的齒仰笑
尷尬時透著兩聲乾笑
笑聲裡都是人生

我喜歡現在的脆弱有風的自由

閨密

九

你尋覓血液裡草莓的甜
一種美好又甜蜜的融合
不管不顧
眼神有一條寬闊的路

然而你未見酸性潛藏的力量
未覺我們被悄然腐蝕
如時光磨蝕老牙
在無聲中萎縮

為了世界
我們沉默成了岔路
話語帶著虛無
理性的做成熟的人

而我喜歡現在的脆弱
可以隨性
允許自己迷糊多情
喜歡現在的我們
有風的自由

閨密　十

天空在頭上也在眼裡
我們聞到花香和檸檬黃的氣味
不是因為走得近
而是有了一種默契

這種默契使我們習慣
訴說自己的痛
不擔心傷口裂成赤道的長度
對於生活誤解的我們

靈巧的隱身於皺褶
不在黑暗中辯白

以愛為伴
用手臂環成花圈
這深深淺淺間
我們把蜜又多釀了一回

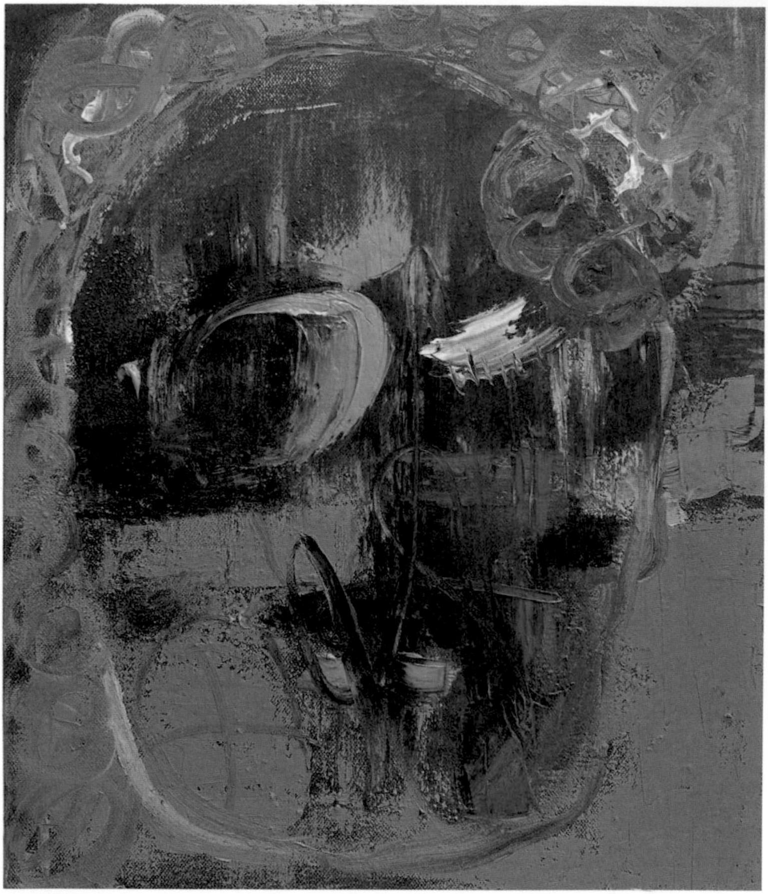

她們相視

閨密　十一

行李箱兩邊一打開
所有雜物掉落
她們相視
拾起衣物也拾起一起走過

歲月以背影揭露青春
以耳翻炒搖滾
她們淋雨
在寒冷風中共傘

有半輩子他們以笑容素描半徑
從彼此嘴角上揚的距離
將昨日的對話一再剪接

隱藏最深的美

閨密　十二

當黃昏輕輕地畫下帷幕
你將於暗黑中辨識我的輪廓

海洋與貓也是我們的同伴
在水的每一次彎折
她們以不同的言語和我對話
我珍愛這般多樣性
恐懼那唯一不變的回聲
因為真誠話語總與常軌格格不入

貓細語道：世界有花　有草　有空隙
在花未盛放前　花苞隱藏最深的美
當花凋謝　落花也如幽夢般迷人

唯一不變的是一切皆在變

我們默守著過往與新生的諾言
宛如恆星

彼此釋出的愛

閨密　十三

我們
把沒有關係當成一種關係
唱歌走音，喜歡彼此的天空
我們看書、寫詩
曬乾忌妒心，以愛成為同類
偶爾有一點疏忽
我們停下腳步，任海風吹拂
參與海和天的重建工程
用不同色調

成為海邊的霓霞

我們愛彼此釋出的愛
穿透善良，認領它們的名字
在冬季說溫暖的話禦寒
在雨天共同承接雨的重力

鏡子照射出的我們
左右腳不同
卻有同樣的笑容

細節裡找到彼此

閨密　十四

浮雲有時很近有時很遠
有時講一堆廢話有時胸懷大志
浮雲幫我們把祕密塞在彼此口袋
日子久了就結出繁複花朵

我們不是早春的花僅在花季綻放
即使有小蟲啄食
枝葉依舊茂盛
偶爾清洗現世中的情感

依然相信上輩子是一家人
迷失過後
會在細節裡找到彼此

我們追雪
以舊日繁衍新生
當鏡面流出又會回歸到
自己身上　我好像又
看到你

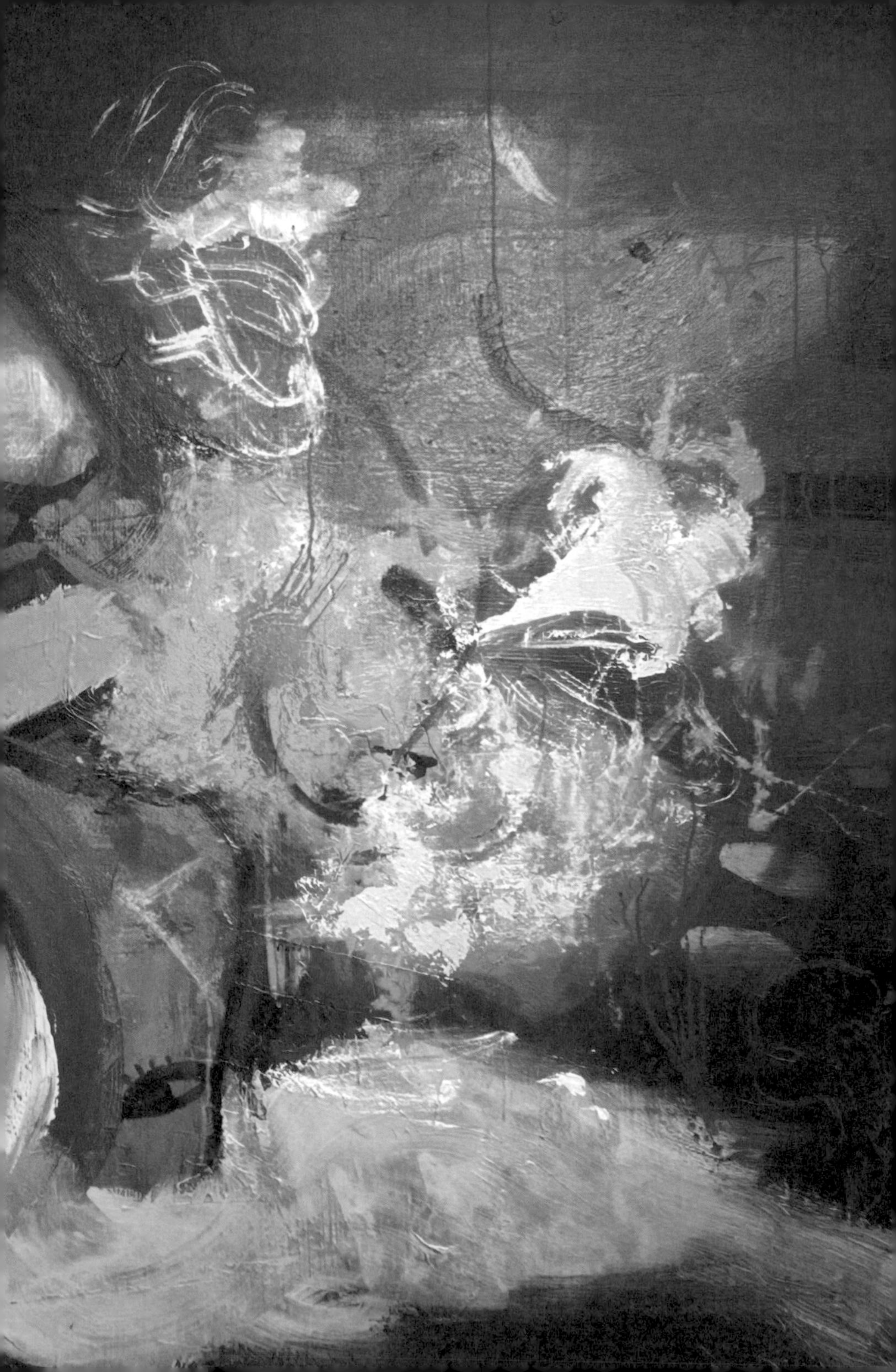

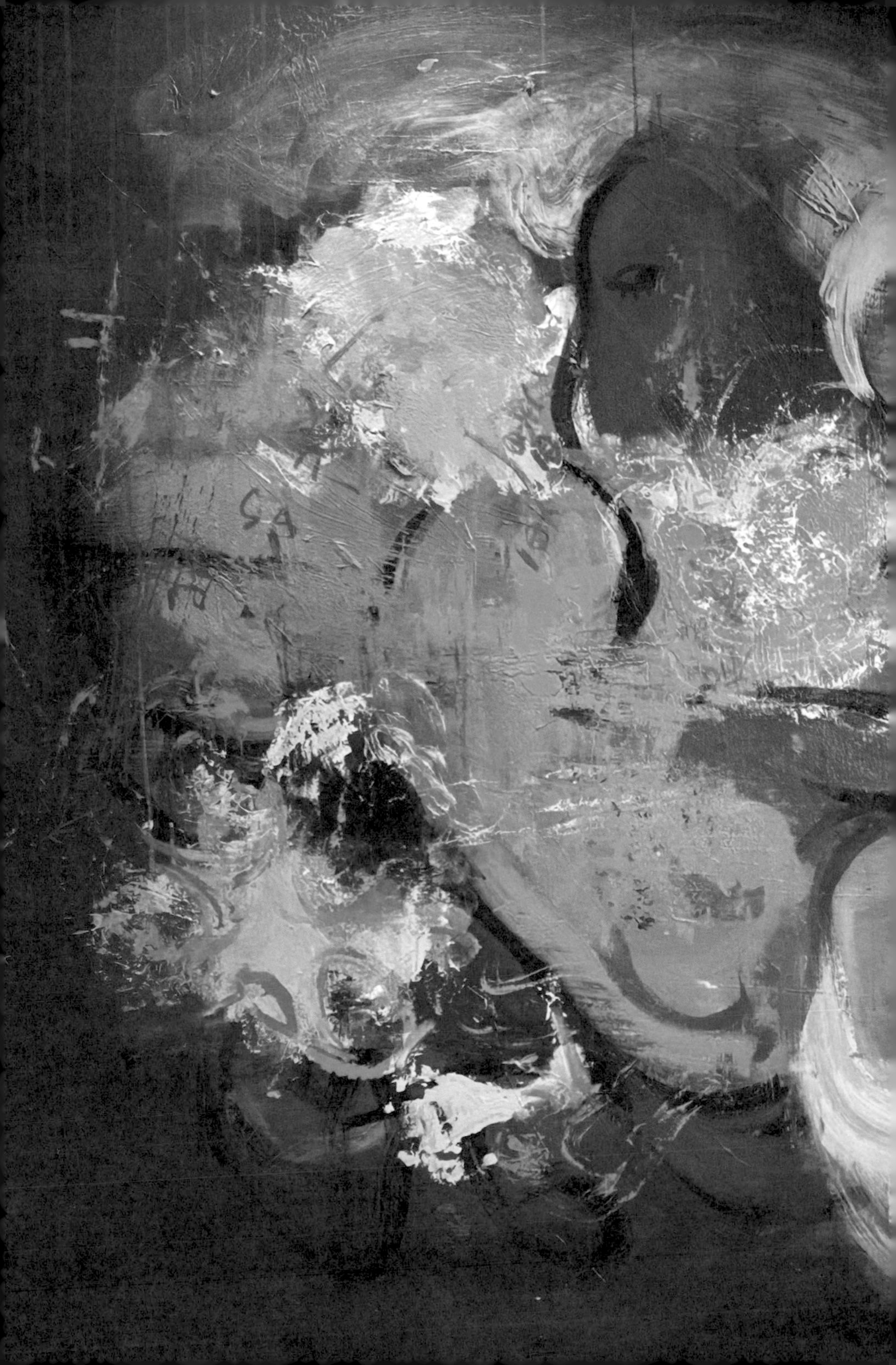

閨密　十五

我們以香氣寫故事
時而章回
時而如長詩

沒有界限交談是最極究的水流
嘩啦嘩啦的水聲四處流竄
我們儲存幾輩子的緣分
自此岸橫渡到彼岸
愛彼此

我們如此自然
廣濶無垠的大海中
我們是泳者
也是彼此的浮木
我們
住在一個靈魂裡

多數的風愛打聽

閨密　十六

你是老實樹
每一片葉子都藏著我的祕密
多數的風愛打聽
你僅管顧左右而言他的
沙沙作響

你是可供大師描繪的樹
綠葉圓潤飽滿茂盛
當我陰鬱

你緩緩垂下葉片讓出陽光的線條
寂寞就擱淺樹梢

冬天經過你時
你佝摟葉片枯黃
我暗自思忖
如何成為春天

愛很大也很小

閨密　十七

魚不會再同一海域
我們不一定是同性

愛很大也很小
我們花了很長時間
把欲望拉平
將黑暗留給夜鶯
坐在星空下用心捍衛　傾聽
彼此的日子而心安理得

不要半張面具
吹散虛無
為理想串起疆界

我們的心靈超越我們靈魂
喜歡所有的雲都在同一片天空

時間輕手輕腳的存在

閨密　十八

飛鳥近於宛約的韻腳飛了一程
又一程度
只為傳遞自己的快樂

山還是山　有沒有看它
它都在那裡
水還是水　有沒有在乎它
它也還在

飛鳥喜歡如山和水的知己
它們在這裡也在那裡
輕手輕腳的存在
昨日今日明日
無聲無息
快樂的存在

有溫度的情感從來不會死透

閨密　十九

她們吵不吵架
都是日常

她們的日常是一種輪迴
像萬花筒般，一轉就豐富起來
變幻時美麗，彎曲，扭動
層層疊疊帶著巴洛克式風格

她們之間有意識無意識的發言

像鋼琴上黑白鍵的音符
久了竟形成一種特別的旋律
在常日裡打轉

有溫度的情感從來不會死透
就像瑪格麗特的杯緣淺淺細鹽
更能增加龍舌蘭酒的風味

吵架過後
她們穿上溫暖的語言
留下日常

用等量笑容煮一杯咖啡

閨密　二十

我們用阿基米德原理揉出一粒砂
用等量笑容煮一杯咖啡
勾勒出春天弧度

當石頭壓住影子
我們移動
以雨滴的心情
獲得自由

因為珍惜
相聚有如晨光想念就是喜悅
加入釀密的心情
我們載著一頓糖的甜蜜
擁抱彼此

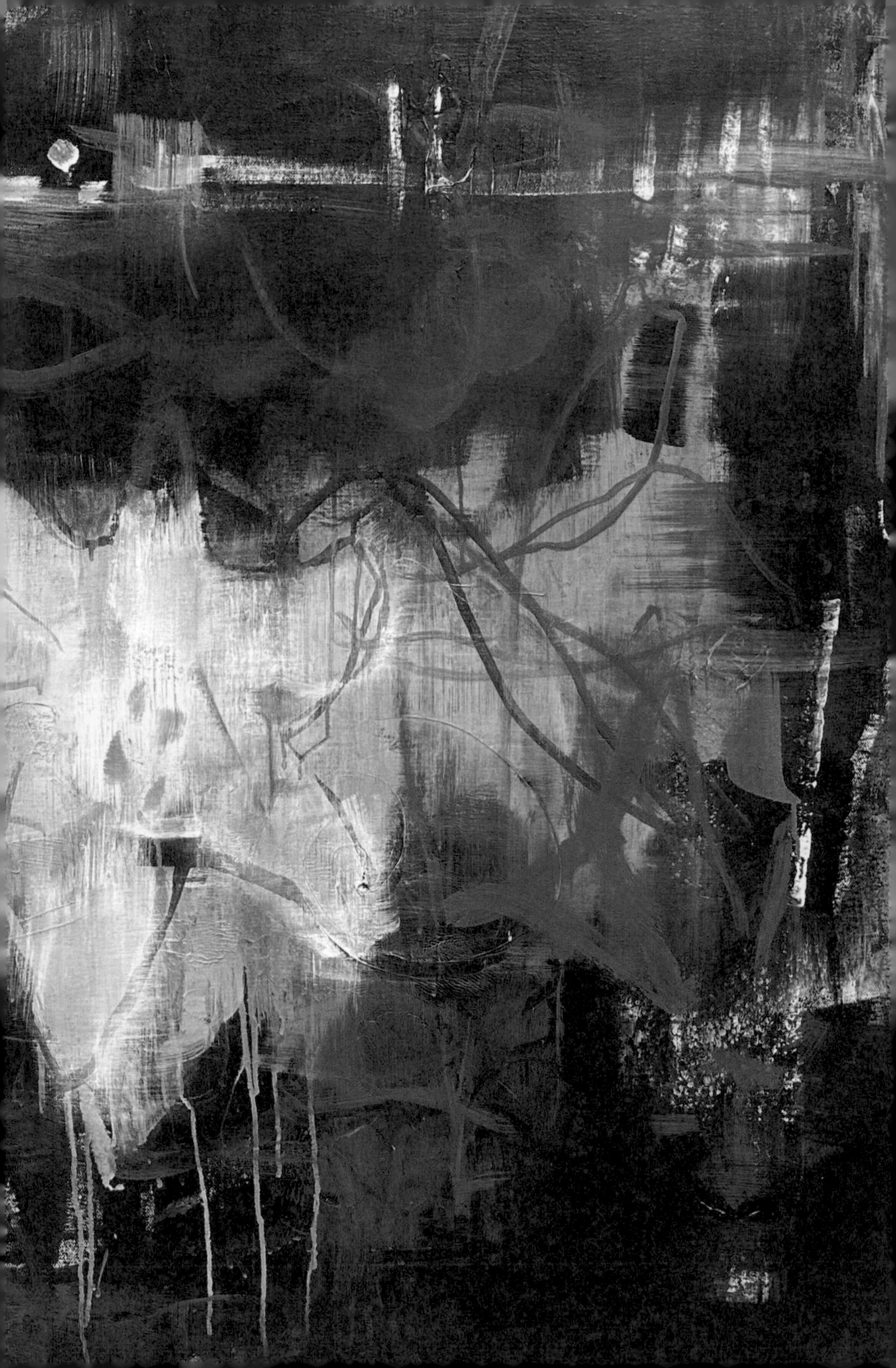

【評述】

傾聽也是一種觀看的方式——閱讀王婷的《甜祕密》詩畫集

陶文岳／國立台灣藝術大學美術系兼任助理教授

我總覺得詩人的詩，就像「社會之眼」，它無處不在的觀察這個社會的成長與發展，細微處小至個人、家庭、大到整個社會環境、國家、甚至於到全球，端賴詩人的敏銳觀察力與企圖心，詩人由內在出發，用「心」去體認這個世界的變化；讓詩的精神逐步的去踏尋時空與情感軌跡，詩因為人的存在而產生溫度，同樣的，人也因為詩而讓情感流露變得更生動真摯。我認識的詩人畫家王婷正是這樣的人，出生於戰地金門，從小她就比別人敏感多愁，而戰地的複雜環境也讓她比其他人多了一份堅毅的信念和韌性。

以現在跨界領域流行的思考方式來說王婷，無疑是再恰當不過的形容。對她來說角色扮演很多元，既是詩人，也是藝術家，更是成功的企業家，三分鼎力的職業剛好代表她三種不同發展方向。我們知道在大自然裡，「三角形」是屬於完美的象徵之一，在力學上是穩固的形狀和結構，而從心理學角度上來分析，幾何圖形是可以傳遞不同情緒含義的，如同圓形和曲線則傾向表達快樂和幸福一樣，三個不同方向的發展塑造了現在我所認識的王婷。

二〇一九年王婷出版第一本詩集《帶著線條旅行》獲得詩壇好評，在相隔五年之後，她即將要出版第二本詩集《甜祕密》，這次我有幸先睹為快，是一本詩與畫結合的詩畫集，為她近三年來所寫的詩（二〇二一—二〇二四）與兩年創作的畫（二〇二三—二〇二四）之彙整。詩內容分為四個專輯，一至三輯除了親情、生活、冥想、旅行……等的雜想感言之詩外，第四輯猶關重要，主題環繞在「閨蜜」的探索研究，就占了二十篇。詩的取景內容以女性為主，藉由女性的觀感與角色的立場為主。「閨蜜」指的就是閨中密友，又稱作手帕交，說的就是比一般朋友更親密而深入的最高級好友。作為閨蜜彼此間可以無話不談，也能互相提攜打氣和幫助，而不帶任何現實利益的交換。王婷說：「很多女人的祕密都是甜蜜蜜，知心話只能放心的對信任的知心好友說，這是信任跟安全感的基礎要求。」王婷收錄在第四輯「閨密」裡的內容，我覺得有幾首詩對字句描寫的到位和深度，例如〈閨蜜三〉裡的幾句：

然而無論在時間軸線上的左邊或右邊
即使沒有回頭

我知道你一直都在

敘述閨蜜濃厚的感情讓人有安定感。

〈閨蜜五〉：

我們意簡言賅
溫度可以溶解臉上的風霜
喜歡天空湖水倒映中的我們
偶爾盪出漣漪就一起畫圓圈。

詩語道出了彼此深交的情感和互動交流。

她現在可以說是「閨蜜」方面研究的問題專家，相信在台灣還真找不到有哪幾位學者專家專門研究這方面的問題，因為她在這本詩集之外，也寫了一本大學碩士論文就是專研「閨蜜」的情感與分析，最後還獲得台師大藝術系碩士的高分畢業。王婷將詩與繪畫融入生活結合，她一直浸淫在創作的要求，隨時可以拿起筆來創作，讓詩與畫面真實對自己，面對詩人與藝術家的身分。

這幾年新冠疫情COVID-19爆發後到造成全球的恐慌與大量人類的死亡，許多人的生活也面臨重組改變，我想對王婷來說，詩人的特質更能深刻體認生命的可貴和珍惜人與人之間彼此的互動情誼。對於文學與藝術的創作，她提到：「人如果沒有思想或許也會快樂，可是我寧可得到與失去的才叫做快樂，深刻的想法與體認，我尊重我自己內心深處的情感表達。」寫作對王婷來說就是重新沉澱自己的方法，對她而言，寫作屬於沉澱自我，畫畫則是心情的放鬆，如果將之放在空間上來比較，畫畫讓她內心感受如同自由的翱翔天空，既可以保持平面的思考，也可以立體感的塑造，然而寫詩對她來說就是較沈重的表現，像許多不雅的字句她並不喜歡使用，覺得自己在觀念方面是傾向於正面與正向的思考；王婷認為文字需要琢磨，當它轉換為文字來閱讀時是需要轉變，還要有節奏、秩序的要求，雖然有一些規則會限制她，不像繪畫般的自由自在，然而她都欣然承受而樂此不疲。王婷主動釋放創作動力與能量的深淵，最直接來自於自我的潛意識發酵，如果是帶有目的性，或名利要求就不純粹，她要求只做最純粹的自己。她說：「詩講究隱喻的含蓄，不能太清楚，說的太明白，詩也講究美感，字義，編排、鋪陳，但畫卻可以直接來表現。」我覺得相較於王婷詩的柔美感，她的繪畫創作充滿了激情與放逸，無論是造形與用色，不拘泥於形式，她大膽的表現，介於意象、半抽象與抽象表現的風格，畫中的人物均來自於她熟悉的朋友與人事地物，畫家捕捉靈感，與詩的想像空間不同，更多了親切而溫暖的真實感。王婷在研究「閨蜜」的同時，她發現在中國所獨有的女書，不僅是屬於中國，也是在全世界自創的文字，她解讀是女性書寫的濃郁情感，包括：喜怒哀樂，七情六慾，生活中所承受的遭遇等等。

現在有不少人已經習慣於在手機或電腦上直接閱讀文章，然而我相信仍舊有大多數人喜歡翻閱書的那種手感，對於紙張散發出來特有的油墨味，書中文字的設計排列，甚至於連翻閱也是一種充滿喜悅的過程。王婷這本詩畫集值得我們細心品味再三。王婷說：「寫詩已成為我生命中不可獲缺的要求，而畫畫則來自於個人直接的情感表達。我要一直保持著好奇心，就當成自己是小孩，隨時為地都保持著好奇心與充電的狀態中……」企業家的決斷力讓王婷一但決定，做任何事都會全力以赴，她是有原則的，計劃與方向同時並進，我想這是她能成功的地方。

我們都知道寫詩必須充滿真心才能寫出好的詩。王婷說：「我喜歡一種未完成式的表現，因為還沒完成，詩跟畫就會一直在發生，來自不同的層面，當人一直往前走，永遠沒有結束。我覺得自己事情太多，所以無法純粹，但我喜歡寫哲學性的詩，人生思考的比談情說愛難，這是未來要走的重要目標。像寫情緒的詩，因為自己曾經歷過的，就容易寫。」對於有才情的她來說，我相信王婷在文學與藝術領域的創作能量不僅只於此，恭喜她新詩集出版的同時也期待她後續能量的大爆發。

【後記】
致謝

王婷

隨著這本書的最後一頁寫下，我深感欣慰與感激。這不僅是因為作品的完成，更因為有幾位極具影響力的人士在此過程中給予了我無可替代的支持與啟發。他們不僅是各自領域的專家和藝術家，更是慷慨地分享了他們的時間和智慧。

首先，我必須感謝進文老師。在新詩領域內，他不僅給予了我極大的啟迪，而且在修改序言時也表現出無比的耐心和支持。進文老師的簡潔有力的文字為這本書奠定了沉穩而深邃的基調，使讀者能夠更好地領會文中深層的意涵。他的溫暖鼓勵——「我會因為你的幸福而感到幸福」——讓我感動不已。

小濱老師的支持同樣關鍵。作為敏銳的詩人和深思熟慮的學者，小濱老師的序言不僅豐富了本書的文學價值，還提升了其哲學深度。拉岡哲學的探討完美地體現了本書的思想軸心。

鈞堯老師的序言寫得非常親切，他以平易近人的方式完全展現了我的個性。這份共鳴，源於我們共同的生長背景，讓我感受到如家人般的親切。

陶文岳老師在藝術和美學上給予的見解也不可或缺。文岳老師的獨到指點使本書的內容更加豐富多彩！

此外，我還要感謝我的詩人朋友們，謝謝你們在校稿過程中提供的寶貴意見。有了你們的幫助，這個詩作終於誕生了

特別一提的是，好友詩人怡芬、紫鵑、紅林、林珊和龍青在我沒有頭緒的時候，主動伸出援手幫我分輯和校稿，謝謝妳們。

另外，詩人瑞麟認為我是個甜甜的人，所以這本詩集的名稱應該和人相襯，於是瑞麟建議這本詩集命名為：「甜祕密」，真的甜到我心裡了。

感謝生命中所有給予我愛以及我所愛之人。你們的存在是我無盡的靈感源泉。

最後，感謝聯合文學及周昭翡總編的支持，以及所有的讀者！

國家圖書館出版品預行編目資料

甜祕密 / 王婷著 . -- 初版 . -- 臺北市 :
聯合文學出版社股份有限公司 , 2024.05
232 面 ; 14.8×21 公分 . --（聯合文叢 ; 746）

ISBN 978-986-323-612-2（平裝）

863.55　　113006917

聯合文叢 746

甜祕密

作　　者／王　婷
發 行 人／張寶琴

總 編 輯／周昭翡
主　　編／蕭仁豪
編　　輯／林劭璜　王譽潤
封面設計／吳貞霖
資深美編／戴榮芝
業務部總經理／李文吉
發行助理／林昇儒
財 務 部／趙玉瑩　韋秀英
人事行政組／李懷瑩
版權管理／蕭仁豪

法律顧問／理律法律事務所
陳長文律師、蔣大中律師

出 版 者／聯合文學出版社股份有限公司
地　　址／(110)臺北市基隆路一段 178 號 10 樓
電　　話／(02)27666759 轉 5107
傳　　真／(02)27567914
郵撥帳號／ 17623526 聯合文學出版社股份有限公司
登 記 證／行政院新聞局局版臺業字第 6109 號
網　　址／http://unitas.udngroup.com.tw
E-mail:unitas@udngroup.com.tw

印 刷 廠／約書亞創藝有限公司
總 經 銷／聯合發行股份有限公司
地　　址／(231)新北市新店區寶橋路235巷6弄6號2樓
電　　話／(02)29178022

出版日期／ 2024 年 6 月　初版
定　　價／ 400 元

ISBN 978-986-323-612-2（平裝）　